Cleophas Beausoleil

Systeme protecteur

Ou, de la necessite d'une reforme du tarif canadien

Antigonos

Cleophas Beausoleil

Systeme protecteur

Ou, de la necessite d'une reforme du tarif canadien

Réimpression inchangée de l'édition originale de 1871.

1ère édition 2024 | ISBN: 978-3-38814-542-6

Antigonos Verlag est une marque de Outlook Verlagsgesellschaft mbH.

Verlag (Éditeur): Outlook Verlag GmbH, Zeilweg 44, 60439 Frankfurt, Deutschland, info@outlook-verlag.de
Vertretungsberechtigt (Représentant autorisé): E. Roepke, Zeilweg 44, 60439 Frankfurt, Deutschland
Druck (Imprimerie): Libri Plureos GmbH, Friedensallee 273, 22763 Hamburg, Deutschland

SYSTEME PROTECTEUR

OU DE LA NÉCESSITÉ D'UNE

REFORME DU TARIF CANADIEN

Par C. BEAUSOLEIL

Rédacteur du *Nouveau-Monde*.

MONTREAL

TYPOGRAPHIE *LE NOUVEAU-MONDE*

No. 22, Rue St. Gabriel.

1871

AVANT-PROPOS

A la demande d'amis qui ont cru à l'utilité de ce travail, nous avons résolu de donner une forme plus durable à la série d'articles publiés dans le *Nouveau-Monde* sous la rubrique de la *Réforme du tarif*.

Nous reconnaissons volontiers tout le premier les défauts du style et le manque de cette continuité qui caractérise les ouvrages écrits tout d'une haleine.

Un journaliste n'a pas le temps de donner à sa pensée les ornements qu'il désirerait, ni à son style le poli qui charme tant le lecteur. Bien penser et parler clairement, telles sont, croyons-nous, les deux premières qualités qu'il doit rechercher, sans pourtant négliger les autres.

Ce n'est donc pas dans un but de vanité mal placée, que nous donnons un corps à cet écrit, mais simplement afin de répandre davantage des idées que nous croyons justes, et de contribuer pour notre part à la venue du régime dont l'excellence est attestée par les faits et par l'histoire de tous les peuples.

Aussi demandons-nous au lecteur de s'attacher plutôt au fond qu'à la forme et d'oublier les défauts de celle-ci si celui-là est solide.

SYSTEME PROTECTEUR

OU DE LA NÉCESSITÉ D'UNE

REFORME DU TARIF CANADIEN

———

I

Dans le discours d'ouverture de la présente session, le gouverneur général a donné à entendre que certains droits actuellement prélevés sur les marchandises étrangères seraient réduits ou rappelés.

Puisqu'on veut encore une fois remanier le tarif, c'est le moment pour les divers systèmes de se produire et de se faire valoir.

Mais avant d'entrer dans le vif du sujet, nous demandons la permission de placer quelques remarques préliminaires.

Et d'abord, rien n'est plus préjudiciable aux véritables intérêts du pays et au développement de ses ressources que ces changements conti·

nuels dans le taux des droits prélévés sur les marchandises importées.

En Canada, on se fait un jeu de cela. Comme on y change à peu près tous les ans de ministre des finances, il se produit chaque année une nouvelle théorie et de nouveaux expédients.

Aujourd'hui tout pour la protection, demain tout pour la liberté du commerce, et le jour sui-vant tout pour un juste milieu qu'on appelle ta rif de revenu.

La conséquence naturelle de cet état de choses est une incertitude qui tue l'industrie et nuit grandement au commerce.

En effet, personne n'ose risquer ses capitaux dans des entreprises industrielles qui, protégées aujourd'hui, seront demain peut-être vouées à la ruine par un revirement de politique. Il n'y a pas le moindre doute que c'est à cette incons-tance qu'il faut attribuer en grande partie le pe-tit nombre et l'état peu florissant des manufac-tures canadiennes.

Le commerce en souffre aussi grandement. Le cas s'est vu et peut se voir encore. Un mar-chand achète en Angleterre tandis que les droits sont, disons, à 15 p. 100. Durant le trajet le Parlement canadien élève le tarif de 5 p. 100.

Notre négociant est obligé de payer la diffé-
rence, tandis que son voisin qui aura fait ses
emplettes huit jours plutôt, échappant à la taxe
additionnelle, pourra l'écraser et le ruiner par la
concurrence. Delà une faillite ou du moins un
appauvrissement certain.

Renversez le cas, et supposez que les droits
soient abaissés. Celui dont les marchandises
seront arrîvées plustôt sera obligé de vendre à
perte et de se ruiner pour tenir tête à celui qui
aura profité de la réduction des droits.

Le premier et le plus essentiel caractère d'une
bonne politique est donc la stabilité, et c'est parce qu'il a manqué jusqu'ici qu'on ne voit jamais
arriver sans terreur le moment d'une session ; car
il existe une espèce de certitude qu'elle sera pour
plusieurs le signal de désastres financiers.

II

La richesse d'une nation a trois grandes
sources, savoir : l'agriculture, l'industrie et le
commerce. Ce sont trois fleuves géants qui vont
se jeter dans une même mer, après avoir fertili-
sé les pays qu'ils arrosent.

Au premier rang se place l'agriculture par son antiquité, son utilité, son importance et sa sûreté. Le sol existe toujours, prêt à donner la moisson à l'agriculteur diligent. Quels que soient les malheurs du temps, la peste, la famine ou la guerre, c'est une ressource assurée.

Il fournit la subsistance, l'aliment et les choses les plus nécessaires à la vie. A proprement parler, c'est de l'agriculture que l'industrie et le commerce tiennent l'existence. A celle-là elle donne la matière première, qui, façonnée, acquiert une valeur décuple, et donne naissance au commerce qui n'est, en définitive, que l'échange des commodités.

Un peuple doit s'adonner d'abord à la culture des champs. C'est l'occupation qui favorise le mieux l'indépendance, la santé, la vertu et les bonnes mœurs.

Mais un peuple qui serait purement agriculteur ne serait pas un peuple riche, car il ne pourrait disposer du surplus de sa production pour se procurer ces objets qui contribuent pour une si large part au bien-être individuel et social.

Tous, d'un autre côté, n'ont pas le goût du travail des champs. C'est pour ceux-ci que de nouvelles carrières sont ouvertes par l'industrie, par le commerce et par les professions libérales.

Disons donc, sans crainte d'être contredit, qu'un peuple n'est riche qu'en autant qu'il atteint au plein développement toutes ses ressources agricoles, industrielles et commerciales.

Le devoir évident d'un gouvernement sera donc de protéger et de favoriser l'agriculture par l'amélioration des routes, la construction de chemins de fer, le creusement de canaux, en rapprochant, pour tout dire en un mot, le producteur du consommateur ; l'industrie, en excluant de la concurrence les objets de fabrique étrangère ; le commerce, par l'imposition de droits différentiels sur les marchandises importées ou exportées dans des navires étrangers.

L'ensemble de ces mesures constitue ce qu'on appelle une saine politique commerciale.

Voyons si telle est celle suivie en ce pays.

III

L'observateur attentif de la situation économique du Canada, est d'abord frappé de l'immense développement que son commerce a pris et des encouragements qu'on lui a toujours prodigués.

Le fait est que toute la législation semble n'avoir pas eu d'autre but que lui, et n'être faite que pour lui seul.

Grâce au peu de connaissances économiques des représentants des comtés de la campagne, ceux des villes sont promptement parvenus à leur persuader que le commerce est tout; que l'imposition de droits élevés aurait pour effet de peser davantage sur l'agriculture et d'élever le prix des objets nécessaires à la vie.

C'est ainsi qu'on est arrivé à inspirer aux cultivateurs l'horreur des taxes et à rendre impossible toute amélioration sensible de l'état économique du pays.

Puis, au moyen de théories brillantes, on a persuadé sans peine que le commerce est la source de toutes les richesses.

L'exemple des grandes villes venait à point pour convaincre les récalcitrants.

La législation se ressentit de cette opinion publique factice.

Les choses ont si bien marché qu'aujourd'hui le négoce est la seule carrière qui offre quelque chance d'avenir. On délaisse pour le comptoir et les champs et les bureaux. Ne restent attachés à la charrue ou aux professions que ceux qui ne peuvent faire autrement.

Voilà pourquoi la valeur de la propriété baisse, l'agriculture dépérit, l'argent se concentre dans les villes pour de là passer à l'étranger et se trouve remplacé par le papier-monnaie ; la population demeure stationnaire ou diminue même à cause de l'émigration.

Cet état de choses ne peut qu'empirer de jour en jour,—*parce que nous consommons plus que nous produisons,* — et que la balance du commerce est contre nous.

Il en est d'un pays comme d'un individu : — S'il dépense plus que son revenu, le capital s'épuise peu à peu, la pauvreté arrive lentement d'abord, à grands pas ensuite, puis viennent la banqueroute et la ruine finale suivie de la misère la plus profonde.

Au contraire, s'il dépense moins que son revenu, le capital s'accumule avec les épargnes ; il peut se donner successivement plus de luxe, plus de bien-être tout en augmentant et en consolidant sa fortune.

Posons donc comme principes incontestables et de sens commun :

1o. Qu'un pays dont les exportations dépassent les importations est un pays qui s'enrichit ;

2o. Que si la balance est égale entre l'importation et l'exportation, il fait sagement de proportionner sa dépense à son revenu ;

3o. Mais que si les importations dépassent les exportations, il s'appauvrit peu à peu, et court par une pente insensible, à la ruine certaine et irrémédiable.

Appuyé sur ces principes, cherchons dans quelle catégorie nous devons ranger le Canada

Prenant pour bâse de calculs le résultat du mouvement commercial durant les trois années fiscales écoulées depuis la Confédératior, savoir du 1er juillet 1867 au 30 juin 1870, nous trouvons ce qui suit:

Importations.

1867-68	$73,459,644
1868-69	70,415,165
1869-70	74,814,339

Total $218,689,148

Exportations.

1867-68	$57,567,888
1868-69	60,474.781
1869-70	73,573,490

Total $191,616,159

Balance $27,072,989

Ainsi donc en trois ans, il se trouve dans nos affaires un déficit de plus de *vingt sept millions de dollars !*

Comment le Canada parvient-il à faire face à cet écart énorme, ne produisant pas de métaux précieux en assez grande quantité pour le combler ? De deux manières : par l'exportation du numéraire et par le crédit.

Voici un tableau qui indique le mouvement du numéraire durant les trois années fiscales mentionnées plus haut.

Exportations.

1867-68	$4,866,168
1868-69	4,218,208
1869-70	8,002,278
Total	$17,086,654

Importations.

1867-68	$4,895,147
1868-69	4,247,229
1869-70	4,335,529
Total	$13,477,905
Balance	$3,608,749

D'où l'on voit que nous nous appauvrissons de

numéraire au taux de plus de *douze cent mille dollars* par année !

Dans ces proportions il aurait bientôt complètement disparu si le crédit ne venait combler les vides.

Le gouvernement, pour exécuter les grands travaux publics qu'il a résolus, est obligé chaque année de demander aux capitalistes de Londres des avances de fonds.

Les millions qu'il emprunte sont répandus sur tout le pays, mais pendant ce temps-là la dette publique grossit outre-mesure. Déjà elle atteint le chiffre de $115, 993,706, et l'intérêt seul absorbe plus du tiers du budget ordinaire, savoir, pour la dernière année fiscale, $5,355,614.96.

Ce n'est pas le pouvoir public seul qui s'endette. Les particuliers aussi ont poussé le crédit jusqu'à ses dernières limites. L'usure trône en reine à la ville et à la campagne. Le luxe déborde. On veut jouir et on jouit. Il est vrai que les dettes s'accumulent, et qu'un jour il faut déposer son bilan, se déclarer en faillite et ruiner aussi ses créanciers.

A ceux qui admirent l'activité fiévreuse du commerce canadien, nous demandons de jeter un coup-d'œil sur la liste officielle des faillites, et de nous dire s'ils ne rougissent pas de lui voir prendre chaque année de nouvelles et plus grandes proportions.

L'expérience est là qui nous démontre invinciblement, que le crédit exagéré au point où nous le voyons, amène un moment teriible où il faut prononcer ce mot redoutable, la banqueroute.

Or la banqueroute, ce n'est pas seulement la ruine, c'est aussi le déshonneur.

Il faut donc, de toute nécessité, revenir à un système plus raisonnable, c'est-à-dire, réduire l'importation et augmenter la production, afin de rétablir l'équilibre rompu de la balance.

IV.

En jetant un coup-d'œil rapide sur le vaste territoire qui forme la Puissance du Canada, et qui bientôt s'étendra de l'Atlantique au Pacifique, couvrant plus de la moitié d'un continent, on est frappé de la fertilité de son sol, de la diversité de ses climats et de la variété de sa production. Toutes les céréales y viennent en abondance, ainsi que les fruits. Ses forêts sont les plus vastes et les plus riches du monde, ses pêcheries n'ont pas d'égales dans l'univers en tier ; ses mines d'or, de cuivre, de fer, de houille et de sel sont aussi remarquables par leur nombre que par leur richesse.

Sa population est active, industrieuse, endurcie à toutes les fatigues. Elle possède un merveilleux génie naturel pour les Arts.

Cependant, malgré tous ces avantages qu'aucune autre nation possède à un égal degré, le Canada ne produit pas suffisamment pour sa propre subsistance. Chaque année il est obligé de s'endetter de plusieurs millions.

L'agriculture dépérit, l'esprit d'entreprise s'éteint, la jeunesse émigre, les dettes s'accumulent et la ruine devient chaque jour plus menaçante.

A quoi faut-il attribuer ce phénomène étrange, cette apparente contradiction entre ce territoire si riche et ce peuple si pauvre.

Il n'est pas à dénier que jusqu'ici, l'agriculture et le commerce seuls ont reçu des encouragements. Il est passé en mode de dire tantôt que le Canada est un pays essentiellement agricole et tantôt qu'il est exclusivement commercial.

On ne songe pas que de tous côtés mille voix s'élèvent pour proclamer que c'est une erreur.

Jetez donc les yeux sur la vaste étendue de ce beau domaine. Voyez comme autant de veines d'un corps immense, ces rivières incomparables qui portent partout la fertilité et la vie. Les unes sont navigables, les autres flottables,et coupées de cascades innombrables. Comptez, si vous pouvez, les cours d'eau qui le sillonnent en tous sens.

N'est-il pas vrai que la nature a tout disposé pour nous faire comprendre que le Canada devrait être un pays industriel, que cette force immense devrait être exploitée,- qu'audessous de chaque cascade il devrait s'élever un moulin ou une fabrique quelconque ?

Ceux qui ont voyagé en Europe et aux Etats-Unis savent quel cas on y fait du moindre filet d'eau, comme on le recueille de peur qu'il s'en égare une seule goutte, tant l'on est convaincu de la supériorité économique du pouvoir naturel sur le pouvoir artificiel de la vapeur.

Malgré cela, nous sommes témoins d'un fait qui étonne à bon droit les étrangers.

Nous exportons les produits bruts du sol, puis ayant payé les frais de transport, nous les réimportons après que l'industrie des autres peuples leur a donné une plus grande valeur.

Ainsi nous payons double fret, double assurance, la douane et le travail de l'industriel, quand nous pourrions réaliser nous-mêmes le profit que nous abandonnons à d'autres plus habiles.

A quoi devons-nous un aussi singulier état de choses ? Pourquoi l'industrie manufacturière ne fait-elle pas de progrès plus rapides ?

C'est que jusqu'à ce jour il ne s'est pas trouvé un gouvernement résolu à travailler pour le seul intérêt du Canada ; c'est que grâce à la politique suivie jusqu'ici, on a laissé le champ libre aux fabricants de Liverpool et de Manchester.

En fondant ses vastes colonies, l'Angleterre n'a jamais eu d'autre but que de trouver de nouveaux marchés pour les produits de son industrie. Ce n'est pas afin de convertir les infidèles, d'étendre le royaume de Jésus-Christ que la Grande-Bretagne envoyait des expéditions à la découverte de nouvelles terres· Nous le savons trop, l'anglais fabrique des idoles pour les Chinois et les Tartares. C'est un article de commerce comme un autre. Le grand point est de vendre, de concentrer toutes les richesses dans la petite île et de tenir l'univers sous sa dépendance.

Elle fait l'impossible pour tuer toute concurrence étrangère. Elle a des économistes pour prouver aux autres nations que la protection est contraire à la fraternité humaine, des orateurs pour le déclarer en Parlement. C'est le moyen qu'elle a adopté pour rester maîtresse du terrain

Si nous parcourons son histoire, nous voyons que jamais un peuple a poussé plus loin la protection de ses manufactures. Des lois furent passées par le Parlement et sanctionnées par le souverain décrétant la peine de mort contre ceux qui feraient connaître aux autres nations les secrets de la fabrication des marchandises. L'émigration des ouvriers fut punie de la même manière.

Longtemps les gouverneurs du Canada ont reçu instruction de décourager par tous les moyens l'industrie qui tentait de prendre racine.

Aujourd'hui, grâce au régime responsable et à la liberté qui nous est laissée de régler la taxe, nous pouvons nous protéger si tel est notre désir.

Mais il n'en est pas moins vrai que l'influence anglaise se fait vivement sentir dans notre législation. Les manufacturiers britanniques tiennent le marché canadien ; ils sont bien décidés à ne le lâcher qu'à la dernière extrêmité.

Or, c'est précisément ce monopole qu'il s'agit de briser, par l'adoption d'une politique ferme, énergique et persévérante de protection nationale.

Toutes les tentatives faites en ce sens—il est vrai qu'elles n'ont été ni bien nombreuses ni bien formidables—ont misérablement échoué.

Deux obstacles s'opposaient au succès :—l'intérêt des importateurs et des expéditeurs d'abord, en second lieu les préjugés et les sophismes qu'ils ont propagés parmi le peuple.

Les partisans du régime actuel ont une foule d'objections à toute réforme économique. Mais la première et celle dont toutes les autres découlent, est généralement formulée dans les termes suivants :

Protéger l'industrie nationale, c'est taxer le plus grand nombre pour l'avantage de quelques individus ; c'est augmenter le prix de toutes les marchandises et conséquemment opprimer le consommateur et le forcer à payer plus cher des objets qu'il pourrait obtenir à meilleur marché.

C'est, en conséquence, peser sur l'agriculture, dont l'existence n'est pas déjà si brillante, et appauvrir généralement tout le pays.

Il n'y a pas de doute qu'à première vue ce raisonnement parait concluant.

Nous espérons cependant prouver par les faits, par l'histoire et par le raisonnement, qu'il est fallacieux, et que c'est tout le contraire qu'il faudrait dire.

Nous voulons démontrer que la création d'une industrie nationale est essentielle à l'indépendance d'un pays :

Qu'elle a pour effet de donner à toutes ses ressources leur plein développement ; d'augmenter la production et la consommation ; d'assurer une plus grande valeur aux produits du sol et de la ferme ; que s'il en résulte une hausse momentanée des prix, la concurrence les ramène bientôt à leur état normal ;

Enfin, que même si la hausse des prix était permanente, ce ne serait rien en comparaison des nouvelles ressources que l'industrie développerait et des richesses qu'elle ferait naître.

V

La condition essentielle de l'indépendance est de pouvoir se suffire à soi-même. C'est presqu'un axiome de M. La Palisse, tant la chose paraît évidente.

En effet, un peuple qui dépendrait d'une nation voisine pour s'approvisionner des objets de première nécessité, ne pourrait posséder qu'une indépendance nominale.

Dans sa politique et sa législation il ne serait plus libre de suivre la ligne de conduite la plus avantageuse à ses intérêts. Toujours à la remorque de son maître, il traînerait une vie pauvre, misérable et méprisée.

Comparons l'état actuel de l'Espagne et du Portugal à ce qu'il était il y a deux siècles.

La première était alors la nation la plus riche et la plus puissante de l'Europe. Elle s'adonnait avec ardeur à l'agriculture et à l'industrie. Ses produits étaient renommés dans l'univers entier. Des flots d'or se déversaient chaque année dans son sein.

Plus tard ses navigateurs découvrirent l'Amérique ainsi que les mines d'or et d'argent du Pérou et du Mexique.

La fièvre de l'or s'empara de toutes les têtes ; on ne rêva plus que richesses fabuleuses et facilement acquises. L'attention se détourna complètement des occupations ordinaires pour se porter vers l'Amérique. Chaque galion qui arrivait chargé du précieux métal était suivi d'un mouvement d'émigration vers la terre d'Eldorado.

L'agriculture et l'industrie furent négligées et commencèrent à dépérir, le commerce languit, la prépondérance s'effaça, enfin de degré en degré, la malheureuse Espagne en est arrivée au pitoyable état où nous la voyons aujourd'hui réduite :—pauvre, écrasée de dettes et livrée aux discordes intestines qui achèveront de consommer sa ruine.

L'Espagne ne compte plus dans le concert européen. Elle est devenue comme une terre livrée à l'exploitation étrangère, dont chacun tâche de tirer le meilleur parti possible.

Que dire du Portugal, ce petit pays autrefois si fier, dont les vaisseaux couvraient toutes les mers ? Il n'est plus qu'un comptoir pour les fabricants anglais, et Lisbonne un port de relai pour la marine britannique.

Si, cependant, il arrivait une de ces difficultés qui engagent tellement l'honneur d'une nation qu'il vaudrait mieux périr que de reculer, quelle serait la position de ces peuples ?

La source de l'approvisionnement se trouvant tout-à coup tarie par la rupture des relations commerciales, la plus grande misère écraserait tout le peuple. Les objets acquerraient une valeur extravagante. Le gouvernement même ne trouverait aucune des ressources nécessaires pour mettre la nation sous les armes et venger son honneur outragé.

Nous avons eu au commencement du siècle un exemple qui justifie pleinement ce qui précède.

Après la guerre de l'indépendance, les Américains continuèrent de faire leurs achats en Angleterre. Malgré les efforts de quelques-uns de leurs hommes d'état les plus célèbres, et notamment de Hamilton, le Congrès n'avait pu se décider à poursuivre une politique vigoureuse de protection.

Bientôt les guerres de la République et de l'Empire vinrent donner de nouvelles armes au parti du libre-échange.

Les Etats-Unis étant à peu près le seul pays en

paix avec les autres nations et gardant une soigneuse neutralité, devinrent en peu de temps les seuls convoyeurs de tout le commerce européen et américain. Leur marine prit une extension extraordinaire, la richesse publique et privée se développa à un degré inouï.

Eblouis par cette prospérité factice, ils ne songeaient pas à parer à la crise qui était inévitable au retour de la paix.

La guerre de 1812 vint l'accélérer. Les relations commerciales avec l'Angleterre ayant cessé, les objets d'importation étrangère atteignirent aussitôt des prix incroyables.

Le sel, par exemple, qui n'était pas encore exploité, se vendit jusqu'à *dix dollars le minot !* Les autres articles à proportion.

La leçon était rude ; aussi ne fut-elle pas perdue. Peu d'années après la conclusion de la paix, le Congrès entrait résolument dans la voie de la protection et jetait les bâses de cette prospérité inouie que nous admirons aujourd'hui et dont l'Europe entière s'étonne.

On nous opposera peut-être l'état colonial du Canada, et l'on dira qu'il n'y a pas à songer à assurer une indépendance dont il ne jouit pas encore.

L'argument aurait du poids s'il s'agissait d'une petite colonie sans avenir possible et dont l'éternelle destinée serait de rester à l'état de dépendance.

A l'égard du Canada il ne vaut rien.

Il est très-petit, croyons-nous, le nombre de ceux qui s'imaginent que l'état de choses actuel durera bien des siècles encore. Car, c'est un fait d'observation universelle, qu'un peuple comme un homme, ne reste en tutelle qu'un temps plus ou moins long. Il arrive toujours un moment où il est mûr pour l'émancipation.

Alors les intérêts de la colonie deviennent si nombreux, si importants, qu'ils entrent en collision avec ceux de la Mère-Patrie, et la séparation a lieu de gré ou de force.

Le Canada n'est pas encore rendu à ce point de maturité, sans doute. Cependant, aveugle celui qui ne verrait pas que la tendance de la politique anglaise est de nous y amener le plus promptement possible.

Et que signifient cette confédération de toute l'Amérique Britannique du Nord, ce rappel des troupes, l'abandon du soin de notre propre défense, de notre propre administration intérieure, du règlement de nos douanes, et cette déclara-

tion officielle que l'Angleterre ne contredira pas
nos vœux ?

Le fait est que nous marchons trop vite vers
l'émancipation.

L'indépendance politique ne devrait venir au
Canada que lorsque son immense territoire sera
couvert d'une nombreuse population, en un mot,
quand nous aurons pris assez de force et de développement pour nous tenir debout à côté de
nos superbes voisins.

Jusque-là la tutelle anglaise est notre sauve-
garde et notre salut.

Mais c'est à nous qu'il appartient de travailler
à la réalisation des conditions d'une indépendance véritable quand nous devrons en assumer
les devoirs, l'honneur et la responsabilité. C'est
notre devoir d'adopter le système qui contribuera
davantage au développement rapide de nos ressources et à l'accroissement de la population du
pays.

Il y a plus. Supposons que la guerre éclate
entre l'Angleterre et les Etats-Unis. La conséquence sera évidemment une hausse considérable de tous les objets d'importation étrangère.

Les marchandises courant le danger d'être cap-
turées par les croiseurs ennemis, leur prix s'élè-

vera nécessairement à proportion du risque encouru. Il en sera de même des taux du fret et des assurances. On peut donc calculer que la valeur de ces objets doublera ou triplera même, sans compter qu'elle continuera de monter aussi longtemps que la guerre menacera de se prolonger.

C'est aussi à cette éventualité désastreuse qu'il faut savoir parer à temps, bien qu'en ce moment elle ne paraisse ni probable ni prochaine.

VI

Nous avons constaté précédemment, que l'agriculture n'offre pas en ce pays une occupation suffisamment profitable, puisque la population la délaisse et passe à l'étranger ; que le commerce repose sur des bâses qui n'ont aucune solidité.

Donc il est désirable qu'une partie au moins des capitaux et du travail soit appliquée à l'industrie.

C'est la seconde proposition que nous avons promis de démontrer.

VII

C'est un principe universellement reconnu en économie politique, que le prix de toute chose est déterminé par l'offre et la demande. La première résulte de la production ; la seconde de la consommation.

Par une réaction naturelle, elles se régularisent, en sorte qu'on ne voit point un peuple ou un individu produire beaucoup d'un objet qui ne trouve que peu ou point de débit.

Pour tout dire en un mot, c'est le marché qui détermine le genre et le degré de production.

Or, le marché est de deux sortes : ou national, ou étranger.

Le premier est de beaucoup préférable au second parce qu'il est constant et qu'il expose à moins de risques. C'est celui-là qu'une politique prévoyante doit s'assurer d'abord, qu'il faut étendre en favorisant la colonisation rapide du pays.

Pour atteindre ce but, une chose est essentielle : fournir à la population native d'abord, aux étrangers ensuite, un travail rémunérateur.

Or, pour y parvenir, le meilleur moyen est la

création d'une industrie manufacturière assise sur des bâses larges et solides.

Un pays industriel se peuple vite, est vite défriché et acquiert en peu de temps une grande puissance. Nous en avons un exemple frappant sous les yeux.

Quand les Etats-Unis sortirent de la guerre d'indépendance, leur population ne dépassait pas quatre millions d'âmes. Il y a de cela quatre-vingts ans à peine ; aujourd'hui elle est de quarante millions.

Les bornes étroites de la république primitive ont été reculées jusqu'au Pacifique. Les Etats de l'Ouest sont devenus le grenier de l'Europe, tandis que la richesse publique et privée atteignait avant la guerre civile, un degré sans parallèle dans l'histoire.

A quoi faut-il attribuer ce développement merveilleux opéré à côté de nous, par un peuple qui ne vaut pas mieux sous aucun rapport que les Canadiens ?

Evidemment à l'industrie qui, employant des centaines de milliers de bras, créait une demande considérable et toujours croissante pour les produits de l'agriculture, de la ferme et de la forêt.

Il fallait fournir la matière première aux fabricants, des grains et des légumes pour nourrir la population oŭvrière, des maçons, des charpentiers, des ingénieurs, des bûcherons pour construire les fabriques, élever les barrages, abriter les travailleurs et diriger les usines. Sous une pareille pression, toutes les ressources du pays devaient être exploitées avec profit. C'est la preuve la plus concluante possible de fait que l'industrie est avantageuse à tous.

Quelques exemples tirés d'au milieu de nous-mêmes, le feront mieux comprendre que tous les raisonnements.

Nous posons d'abord les principes suivants, avec la réserve de les développer plus tard :—

Le gouvernement doit prohiber l'importation de tous les objets de manufacture étrangère qui pourraient être fabriqués dans le pays.

Il doit aussi empêcher l'importation de la matière première, à moins qu'elle ne se trouve pas dans le pays. En ce cas, l'importation devrait être libre.

Voyons quel serait le résultat d'une pareille politique :

Le Canada ne possède pas de manufacture de laine qui vaille la peine d'être comptée. Aussi importe-t-il pour l'énorme somme de $6,968,552 de lainages.

Supposons que le gouvernement frappe d'un droit de 50 p. 100 les lainages étrangers. Incontestablement des fabriques s'établiront sans retard dans le pays.

L'élevage des moutons n'existe pas aujourd'hui, parce que les fermiers ne peuvent disposer avantageusement de la laine. Mais s'ils avaient à fournir les millions de livres qui seraient nécessaires pour alimenter les fabriques, les choses changeraient de face. Il deviendrait profitable d'élever des moutons. Et qu'importerait au cultivateur de payer ses draps et ses flanelles quelques sous de plus par verge ?

Il en est de même des toiles. Nous en importons pour une somme considérable, bien que le sol soit très-favorable à la culture du lin. C'est ici, comme dans le cas précédent, le manque de marché qui tue la production.

En prohibant l'importation des toiles étrangères, on donnerait une nouvelle impulsion à l'agriculture, tout en employant utilement des milliers de bras.

Nous pourrions parcourir ainsi tout le tableau des importations, et à presque chaque article faire la même observation ; mais ce qui précède suffit pour démontrer aux cultivateurs que la meilleure garantie d'une agriculture prospère est une industrie vigoureuse.

Encore une remarque pourtant avant de conclure.

Le Canada possède des mines de fer d'une richesse fabuleuse.

Citons celles de St. Maurice et de Moisie qui produisent un minerai supérieur à celui de la Suède.

Cependant, Dieu sait combien elles sont loin de posséder le degré de prospérité et de développement qu'elles devraient.

Pour en donner une idée, nous dirons que durant l'année fiscale expirée le 30 juin 1870, il a été importé pour $6,719,573 de fer étranger soit brut, soit manufacturé.

Que l'on réfléchisse au nombre d'hommes qui auraient été employés, aux capitaux qu'il aurait fallu engager dans les mines, si un tarif raisonnable avait assuré aux Canadiens l'avantage de cet immense marché.

Loin de là, sous le système actuel nous voyons nos compagnies de navigation faire construire leurs vaisseaux en Angleterre ou en

Ecosse, exporter à l'étranger l'argent qu'elles reçoivent de tout le peuple au lieu de l'en faire profiter en le dépensant au milieu de lui.

Il en est de même de la houille, dont le Canada importe des millions de tonnes tout en négligeant les mines si riches qu'il pourrait exploiter dans ses propres limites.

N'est-il pas étonnant que des faits semblables n'aient pas frappé plus vivement l'attention des hommes d'Etat et des publicistes canadiens ?.

Comment expliquer la facilité avec laquelle des intrigants et des démagogues sont parvenus à faire croire à la classe agricole si intelligente que toute taxe retombait rudement sur elle, sans lui assurer de compensation? C'est ce que nous verrons bientôt.

VIII

Nous croyons avoir suffisamment établi que la création d'une forte industrie aurait pour effet [d'augmenter la production et de nous rendre jusqu'à un certain point indépendants des peuples étrangers ; de fournir un travail rémunérateur à une foule de Canadiens, qui resteraient au pays au lieu d'émigrer, d'augmenter en conséquence la consommation et, en créant une forte demande pour tous les produits du sol et de la ferme, de leur donner plus de valeur.

Il reste de répondre aux objections.

1o En imposant des droits élevés sur les articles de fabrication étrangère, disent les partisans du libre-échange, vous augmentez d'autant leur valeur. Dès que des manufactures seront établies, elles auront le monopole du marché, et ne manqueront pas de maintenir les prix au point le plus élevé, n'ayant à redouter aucune concurrence extérieure.

Ce raisonnement est vrai en partie, et faux sous les autres rapports.

Si, en parlant d'un tarif protecteur, il était question de frapper de droits élevés *tous* les articles de provenance étrangère, sans aucune distinction entre ceux que le Canada peut produire et ceux qui ne sont possibles que sous d'autres climats, il est certain que le prix de ces derniers augmenterait de tout le montant du droit de douane.

Mais personne ne songe à rien de pareil; partout la distinction est rigoureusement maintenue. Et dans ce cas les principes et les faits son d'accord pour contredire les adversaires de la protection.

Il n'y a qu'à considérer pour un moment les avantages de la production indigène sur l'importation pour s'en convaincre.

L'acheteur de marchandises importées doit réfléchir qu'il paie le fret, l'assurarce, la commission, les frais de voyage et d'emballage, en outre du droit de douane. Cela forme certainement une proportion très élevée dans le prix des objets.

La marchandise indigène n'est soumise à aucune de ces charges onéreuses, et quand bien même les frais de revient seraient plus élevés la compensation s'établirait toute seule.

Cette supériorité naturelle est fortifiée par la concurrence, mère féconde de bon marché.

Dès que l'industrie manufacturière devient profitable et assurée, les capitaux s'y engagent avec énergie sur tous les points d'un pays. Une émulation salutaire règne entre les divers fabricants, et c'est à qui donnerait le meilleur article au plus bas prix.

Ceci n'est pas une théorie de fantaisie. Elle est appuyée sur des faits.

Avant que les chaussures importées fussent

frappées d'un droit de 15 p 100 *ad valorem*, le marché canadien était sous le contrôle des fabricants américains qui en étaient devenus les seuls fournisseurs. Avec la protection les choses changèrent de face. Des manufactures s'élevèrent rapidement à Montréal, à Québec, et dans d'autres parties du pays. Aujourd'hui l'importation est insignifiante, mais des milliers de familles trouvent une occupation lucrative et honorable, tandis qu'en aucun pays du monde on peut se chausser à si bas prix.

Voilà des faits qu'aucun sophisme ne pourra détruire et qui démontrent clairement ce que vaut la protection.

Ce n'est pas le seul avantage que le pays a retiré de cette taxe. L'industrie de la préparation du cuir a pris des développements proportionnés à l'importance qu'obtenait la fabrication des chaussures.

Des tanneries considérables ont été érigées. Elles donnent de l'ouvrage à de nombreux ouvriers, tandis que la nécessité de construire les usines, d'habiller, de nourrir et d'abriter cette population fournit du travail au maçon, au charpentier, au tailleur, à l'ingénieur et augmente la demande des produits agricoles.

Tant il est vrai qu'ici tout se soutient et s'affermit mutuellement.

D'ailleurs cette question de prix n'est que relative. La cherté d'un objet dépend entièrement de plus ou moins de moyen de le payer. Tel article que vous paierez difficilement 25 cts. la verge avec un revenu de $400 vous paraîtra et sera réellement à meilleur marché à 40 cts., si votre revenu a doublé.

2o L'élévation des droits de douane amènera une réduction du revenu, et il faudra trouver moyen de combler ce déficit :

Il est certain qu'un tarif protecteur aurait pour effet de réduire considérablement la consommation de l'article étranger. Tel est le but qu'il s'efforce d'atteindre. Mais cette réduction sera compensée de deux manières : 1o Par l'augmentation de la taxe prélevée sur ce qui sera importé ; 2o par la plus forte consommation d'autres articles de luxe, qui sera la conséquence nécessaire de la plus grande richesse publique et privée.

Nous pouvons citer ici l'exemple de nos voisins qui, avec le tarif le plus élevé qu'on ait jamais vu, obtiennent un revenu supérieur à celui qu'ils retiraient auparavant.

3o On redoute aussi le paupérisme, et l'on cite l'exemple de l'Angleterre où un tiers de la population meurt de faim, comme un des effets terribles que produit une industrie trop développée. Il n'est pas nécessaire de réfléchir longtemps pour voir combien les deux positions sont différentes. En Angleterre, il n'y a plus de territoi re à concéder. Tout le sol est entre les mains de quelques centaines de seigneurs qui l'exploitent à leur grand profit, tandis que le reste de la population cultive pour le compte de ces propriétaires ou doit s'enfermer dans les usines et les mines à quelque prix que ce soit.

Voilà pourquoi les gages des ouvriers sont tellement bas qu'ils les empêchent à peine de mourir de faim.

Ici il n'y a rien de tel. L'immense domaine public qui se donne à si bonnes conditions, ne sera probablement jamais épuisé.

Conséquemment, il y aura toujours un préservatif contre l'abaissement des gages et une ressource en toute éventualité.

Sous ce rapport nous sommes dans une position analogue à celle des Etats Unis. Celui qui écrit ces lignes a parcouru les villes les plus manufacturières de la Nouvelle Angleteterre et il peut rendre témoignage que le paupérisme y est inconnu. En ce moment de stagnation, les ouvriers qui se trouvent sans emploi gagnent l'ouest et s'adonnent à l'agriculture.

4o Enfin, si l'industrie nationale a une si grande supériorité, elle n'a pas besoin de protection. Elle saura bien prospérer toute seule. Laissez-la faire.

·Ce raisonnement n'a qu'un défaut, mais il est grave :—c'est d'être en contradiction manifeste avec toute l'histoire ; et nous pouvons affirmer—nous le prouverons du reste—que jamais l'industrie manufacturière est parvenue à s'implanter solidement dans un pays sans une protection efficace.

Nous prendrons pour exemple les trois nations les plus industrielles et les plus riches du monde :—la France, l'Angleterre et les Etats-Unis.

En France l'industrie a pris quelque vigueur sous Henri IV d'abord, mais elle a atteint son plein développement sous Louis XIV et Napoléon I.

Tous les historiens s'accordent pour faire le tableau le plus sombre de l'état de la France à l'avènement de Henri IV au trône.

Les guerres civiles et religieuses l'avaient entièrement ruinée. Sa production était réduite aux plus étroites limites et le numéraire s'épuisait peu à peu par l'exportation à l'étranger.

Un pareil malaise ne pouvait manquer d'attirer l'attention d'un roi qui se dévoua si franchement au bonheur de ses sujets. Henri IV commença donc par prohiber l'exportation du numéraire, puis il exclut du royaume les étoffes de soie, d'or et d'argent, les · glaces de Venise, les tapis précieux. etc.

Une ordonnance introduisit sur une vaste échelle la culture du mûrier et du vers à-soie, les gobelins furent fondés, les tapis de Sèvres furent établis et l'on commença la préparation de glaces qui bientôt rivalisèrent avec celles de Venise.

Or, il n'est personne qui ne sache que ces industries sont la source principale des exportations françaises et qu'elles contribuent pour une large part à la richesse du pays.

L'œuvre que Henri IV avait entreprise et réalisée en partie malgré Sully, fut négligé sous le règne de Louis XIII et sous la régence de Louis XIV, mais elle fut reprise énergiquement sous ce dernier prince par l'illustre Colbert.

Celui-ci fit édicter des ordonnances portant

réforme radicale de la manière de percevoir les taxes. Les douanes furent reculées jusqu'aux frontières du royaume ; les produits de l'étranger furent frappés de droits équivalant à la prohibition, tandis qu'on attirait dans le royaume tous ceux qui pouvaient y établir quelque nouvelle industrie.

Sous l'influence de ce système, la production nationale prit un développement immense. Des manufactures surgirent de toutes parts, et bientôt le royaume fut en proie à la plus belle activité.

Henri Martin, qu'on ne soupçonnera pas de tendances monarchiques ni protectionnistes, écrit à ce sujet dans sa grande histoire de France :—

En 1665, les manufactures éclosent de toutes parts ; les fabriques de fil s'établissent au Quesnoi, à Arras, à Reims, Sedan, Château-Thierry, Loudun, Alençon, Aurillac, etc. Les Von Robais, habiles fabricants hollandais, attirés par Colbert, introduisent à Abbeville la fabrication des draps fins, façon de Hollande. Les draperies, sergeries, tanneries, corroieries se multiplient et se perfectionnent, les points de Gênes, de Vienne et d'Espagne sont introduits en France ; une manufacture de glaces est établie au faubourg St. Antoine à l'instar de Venise. C'étaient en grande partie des Français qui soutenaient à Venise ces deux sortes de manufactures.

Colbert rappelle par tous les moyens en

France les industriels, les artistes, les marins qui prêtaient à l'étranger une intelligence et des bras que réclamait la patrie ; en même temps il attire du dehors, par toutes sortes d'avances et de libéralités, les artisans étrangers les plus adroits. Les métiers à bas autrefois inventés en France puis oubliés chez nous tandis qu'ils se répandaient en Angleterre, avaient été rapportés par deux niçois en 1656. Cette industrie prend un grand développement. On établit des verreries et cristalleries, des fonderies et des batteries de cuivre et d'airain, des fabriques de ferblanc, de cordages, de toiles à voiles, puis en 1668 des moulins à fer et à acier et des aciéries.

En divers endroits le même écrivain caractérise à la fois les résultats de la politique de Henri IV et de Colbert. Il s'exprime dans les termes suivants :

Il faut bien le dire, si les principes de Sully et des économistes en matière d'industrie avaient prévalu sur ceux de Henri IV et de Colbert, la France ne fabriquerait ni soieries, ni cotonnades, ni draps fins, ni étoffes de laine fine, sans parler de tant d'autres industries qui sont venues successivement du dehors accroitre la richesse nationale.

Le libre-échange est, comme la paix universelle, un but idéal vers lequel il faut tendre, mais ce n'est pas le point de départ du progrès industriel.

. . . .

Quoiqu'en aient pu dire par envie ou par légèreté quelques contemporains auxquels l'esprit de système sert trop facilement d'écho, le succès de Colbert fut éclatant. Dès 1669 plus de 44,000 métiers étaient employés dans l'industrie des laines, le commerce de Lyon se releva pour ne plus déchoir, les soieries produisirent bientôt un mouvement de 100,000,000 de francs de notre monnaie. Le plus large avenir industriel était réservé à la France en 1672 à l'époque culminante du ministère de Colbert. Si plus tard le mouvement se ralentit, si le grand ministre vit, avant de mourir, des années moins prospères, la cause en fut dans la politique et dans la guerre et non dans les lois économiques.

Enfin, Henri Martin résume comme suit ce que le système protecteur avait fait de la France quelques années à peine après son introduction. C'est une réponse péremptoire à ceux qui prétendent que la protection est ruineuse ou inutile pour une nation :

Nous avons achevé de considérer sous ses diverses faces économiques cette administration colossale qui semble avoir réuni en quelques années les travaux de plusieurs siècles. Jamais la France ne s'était vue dans une situation semblable à celle qu'elle occupait en 1672 ; jamais elle n'avait atteint une telle hauteur de puissance et de majesté. Non seulement les admirateurs et les panégyristes du règne de Louis XIV, mais ses détracteurs les plus systématiques se sont inclinés devant le souvenir de cette époque immortelle. «Tout était florissant dans l'Etat,» dit St. Simon : « tout y était riche. Colbert avait

« mis les finances, la marine, la commerce, les
« manufactures, les lettres même au plus haut
« point. » La France grandissait dans la paix
comme elle avait grandi dans la guerre.

Après Louis XIV, la France se trouva livrée à
un ramassis de fripons et de proxénètes, puis
aux bêtes féroces de la Révolutiou. Elle en était
réduite au dernier degré de l'abaissement, de la
misère et de la ruine, alors qu'apparut Napoléon
Ier. Ce génie commença par relever les autels
et par renverser les idoles, puis il rétablit le crédit national en purifiant l'administration et rani-
ma la prospérité intérieure en protégeant l'agriculture et l'industrie.

La prospérité régna partout, et en dépit de
guerres gigantesques constamment renouvelées,
l'agriculture fleurit, l'industrie prit de nouveaux
développements, le commerce intérieur s'accrut
avec l'aisance générale. Le trésor était comble,
bien que les taxes fussent modérées, et que l'em-
pereur exécutât plus de travaux publics qu'aucun de ses prédécesseurs.

C'est à Napoléon Ier que la France doit de
fabriquer elle-même le coton et le sucre de bet-
teraves, qui ont pris une telle importance.

Captif à Ste. Hélène et, du haut de ce rocher,

examinant en détail le monument de sa puissance, Napoléon l'attribuait autant à ses mesures économiques qu'à ses armes.

Dans sa pensée, la richesse d'une nation provenait de trois grandes sources qu'il indiquait comme suit par ordre d'importance : 1o l'agriculture, 2o l'industrie, et 3o le commerce.

Le *Mémorial de Ste. Hélène* contient à ce sujet des notes précieuses que nous ne pouvons reproduire, mais auxquelles nous renvoyons le lecteur.

De ce qui précède, nous devons conclure qu'en France l'industrie est née, a vécu et a prospéré, grâce à la protection, et qu'en retour elle a fait la France grande et prospère. Nous allons voir qu'il en est de même de l'Angleterre et des Etats-Unis. Mais avant d'en arriver là et pour compléter notre démonstration en ce qui la regarde, nous devons faire allusion aux dix dernières années du règne de Napoléon III.

On sait que ce prince, séduit par les théories brillantes du libre-échange exposées par M. Cobden, voulut en faire goûter à son peuple.

Un traité de commerce fut conclu et mis en force par un simple décret, en dépit des protestations de l'industrie française. Ce pacte faisait disparaître ou réduisait considérablement tous les droits de douane.

Le résultat ne se fit pas longtemps attendre. Les Anglais continuèrent d'acheter en France à plus bas prix les vins et les soieries qu'ils ne pouvaient se procurer ailleurs ; tandis que d'un autre côté ils inondaient les marchés français de leurs tissus de calicot, de toile, de coton et de laine.

L'industrie française, obligée de faire des sacrifices chaque jour plus grands et voyant diminuer aussi le cercle de ses opérations, commença de décliner sensiblement. D'année en année les réclamations se produisirent au Corps Législatif plus vives et plus pressantes. Tout le monde a lu les discours de MM. Thiers et Pouyer-Quertier pour le rappel du traité de commerce, et le tableau qu'ils firent de l'appauvrissement de toutes les industries est resté vivement gravé dans la mémoire de chacun. Il fut démontré qu'au bout de dix ans, presque toutes les manufactures avaient diminué en production et en étendue.

Enfin les derniers événements ayant remis les destinées de la France à ses propres mains, le peuple se prononça avec une énergie remarquable pour les hommes qui s'étaient fait, sous le

régime précédent, les avocats de ses intérêts véritables, et M. Thiers fut placé à la tête du gouvernement, tandis que M. Pouyer-Quertier fut
nommé ministre du commerce.

Le premier acte du nouveau pouvoir, quand
il sera solidement constitué, sera de rappeler le
traité conclu entre Napoléon III et M. Cobden.
C'est ainsi que la France entend cicatriser les
blessures d'une guerre malheureuse et rétablir
la prospérité du pays.

IX

Il y a en Europe une petite ile, avec une population d'environ 18 millions d'habitans, qui est
devenue la reine des mers. Ses vaisseaux sillonnent tous les océans, son pavillon est connu et
redouté dans le monde entier. Son innombrable
marine marchande transporte chez les autres
peuples les produits—non de son sol ; car ils ne
suffisent pas à la consommation locale—mais de
son industrie, reviennent chargés des produits
naturels des pays qu'ils ont visités, lesquels,
ayant passé par les fabriques, sont exportés de
nouveau après avoir pris une valeur décuple.

Les richesses du monde s'accumulent ainsi dans la petite ile d'Angleterre, devenue la plus riche et la plus redoutable puissance de l'Europe.

L'observateur ne manque pas de se demander la cause d'un pareil phénomène, et ne tarde pas —ce qui saute aux yeux—de l'attribuer au développement de son industrie. L'histoire va ici encore nous servir de flambeau pour découvrir la cause de ce développement prodigieux des manufactures anglaises, et nous démontrer que jamais peuple a poussé aussi loin la politique de protection.

Parcourant le livre des statuts depuis l'origine des Parlements, nous voyons les législateurs constamment occupés à rechercher les meilleurs moyens de promouvoir ses intérêts. Les lois les plus sévères sont portées contre les marchandises fabriquées à l'étranger, contre l'émigration des ouvriers anglais. Des faveurs spéciales sont accordées aux personnes qui établissent des manufactures. De nouveaux marchés sont créés de toutes parts par la fondation de colonies qui comptent aujourd'hui plus de deux cents millions de consommateurs.

Si jamais, en aucun pays du monde, la protection a été aussi énergique, aussi constante, jamais aussi elle a donné de plus magnifiques résultats.

L'imagination recule devant le chiffre énorme du commerce anglais, à côté du quel celui des autres peuples semble de pures bagatelles.

Bonnechose, dans son histoire d'Angleterre, résumant en quelques lignes l'histoire économique anglaise, dit avec raison :

De tout temps les grands intérêts de l'industrie et du commerce avaient été l'objet des préoccupations les plus sérieuses du gouvernement britannique, et l'Angleterre nous montre par son exemple, que si l'industrie nationale parvenue à un degré supérieur, fleurit et prospère sous le régime de la liberté commerciale, elle naît et grandit d'abord sous un régime différent..........
Presque toute l'histoire industrielle et commerciale de la Grande-Bretagne, durant des siècles, se lit au livre des statuts du royaume, dans une longue série d'actes relatifs à des prohibitions et à des priviléges, et l'acte célèbre de navigation publié sous le protectorat de Cromwell et auquel l'Angleterre attribue avec raison l'immense développement de sa marine et de son commerce au 17e siècle, était déjà en germe dans plusieurs statuts de Richard II. Il en fut de même après la république et la restauration des Stuart, sous Guillaume III, sous Anne et sous la maison de Hanovre jusqu'à une époque récente, et la législation anglaise témoigne tout ensemble de l'attention incessante donnée par les grands pouvoirs de l'Etat aux intérêts industriels et commerciaux,

et des restrictions nombreuses apportées à la liberté commerciale soit par les immunités accordées aux grandes compagnies, soit par les prohibitions dont l'importation des produits étrangers demeurait frappée.

Il n'est personne d'ailleurs qui veuille contester ce point d'histoire. Mais, disent les partisans du libre-échange, après tant de siècles de protection, le peuple anglais a reconnu son erreur et il est devenu l'apôtre du libre-échange.

Il est vrai que l'Angleterre est devenue l'apôtre du libre-échange, et cela pour la meilleure de toutes les raisons : c'est que son industrie est si solidement établie qu'elle pourrait sans difficulté écraser toute concurrence étrangère. Son intérêt bien entendu est donc évidemment d'engager les autres peuples à détruire les barrières qui s'opposent à ses progrès. Elle n'a rien à redouter chez elle, et tout à gagner à l'étranger. C'est ainsi que le libre-échange devient pour la Grande-Bretagne le meilleur et le plus efficace de tous les systèmes protecteurs.

Et qui voudrait en douter ? Sommes-nous habitués au **dés**intéressement de l'Angleterre et l'avons-nous jamais vue sacrifiant ses intérêts à un principe, quelque juste qu'il fût.

Cela est tellement vrai que nous en avons l'aveu des Anglais eux-mêmes. Dans le cours d'une discussion à la Chambre Haute, lord Goderich disait : « Il est inutile d'essayer de persuader aux autres nations d'adopter avec nous les principes de ce qu'on est convenu d'appeler le *libre-échange*. Elles savent parfaitement ce que nous entendons par là : que grâce aux avantages supérieurs dont nous jouissons, ce n'est ni plus ni moins qu'un moyen d'obtenir le monopole de tous leurs marchés pour nos manufactures et de les empêcher elles-mêmes de devenir manufacturières. »

Voilà un aveu franc et loyal, que nous prenons la liberté de soumettre à tous ceux qui s'occupent d'économie politique et qui se sont laissés séduire par les beautés des principes de l'école anglaise. Il vaut la peine d'être médité.

X

Nous avons vu ce que la France et l'Angleterre ont fait pour la protection de leur industrie, et d'un autre côté le degré de richesse et de puissance qu'elles ont atteint en conséquence.

Le troisième exemple que nous avons à citer est celui des Etat-Unis dont la position se rapproche beaucoup plus de la nôtre et qui nous fournissent les plus utiles enseignements.

On sait qu'une difficulté relative au tarif a été l'occasion et la cause déterminante de l'insurrection de 1775 et de la déclaration d'émancipation. L'indépendance des treize colonies fut reconnue en 1783. A cette époque elles étaient complètement ruinées par une guerre de huit ans marquée par les excès du plus horrible vandalisme.

Les fondateurs de la république s'occupèrent d'abord d'assurer son existence en formant un seul faisceau de ces treize petits etats, impuissants séparés les uns des autres, mais forts par l'union.

Cette œuvre prit quelques années à s'accomplir et ce n'est que vers 1790 que la constitution fédérale fut ratifiée par tous les états émancipés.

Alors les questions économiques occupèrent le premier rang. Les hommes d'état les plus clairvoyants comme Washington, Hamilton, Jefferson, etc, ne tardèrent pas de s'apercevoir que les Etats-Unis ne formeraient une puissance réellement indépendante et respectée que s'ils parvenaient à se suffire à eux-mêmes et à fabriquer les objets nécessaires à la consommation locale.

Aussi dès 1792, Hamilton, alors secrétaire d'état,fît rapport au congrès en faveur de l'imposition de droits élevés sur les objets de fabrique étrangère.

Ce document produisit en Angleterre une immense sensation. Des assemblées publiques eurent lieu dans les villes manufacturières, et à Manchester seulement on souscrivit cinquante mille louis sterling, pour l'achat de marchandises destinées au marché américain, afin de l'inonder et de prévenir toute tentative de fonder des établissements industriels en face de la perspective d'une ruine assurée.

Les choses restèrent dans cet état jusqu'à la guerre de 1812 qui obligea les Américains à se pourvoir chez eux, mais dans des conditions tout-à-fait ruineuses.

La leçon fut profitable. L'agitation commença aussitôt après la paix en faveur d'une politique énergiquement protectrice. Après une lutte acharnée, le Congrès adopta enfin en 1824 un tarif qui frappait de droits protecteurs les articles fabriqués à l'étranger.

Voici comment un des orateurs d'alors, le plus illustre de tous, Henry Clay, dépeignait l'état du pays avant la protection :

Nous avons sous les yeux, disait-il, des exemples du terrible effet sur nos manufactures de la politique indécise et flottante du gouvernement à leur égard. Des villages et des parties de villages nés sous l'influence de la haute protection dont je parlais tout à l'heure, sont tombés en ruines et sont abandonnés.

En parcourant la Nouvelle-Angleterre, on aperçoit de hauts et spacieux édifices, les vitres brisées, les contrevents abattus, mornes, sans bruit et sans activité. Si vous demandez la cause de ce triste état de choses, on vous informe que ces bâtisses étaient autrefois des manufactures de coton ou autres dont les propriétaires ont dû abandonner l'exploitation à cause de l'écrasante concurrence étrangère.

En 1831, c'est-à-dire sept ans après la mise en vigueur du nouveau système, la face du pays avait entièrement changé. Le même Henry Clay la décrivait alors dans les termes suivants :

Du premier coup-d'œil nous voyons l'agriculture plus étendue, les Arts florissants, la face du pays renouvelée, tout le peuple profitablement employé, et le pays donnant des preuves de tranquillité, de contentement et de bonheur. Et si nous descendons aux détails, nous avons l'agréable spectacle d'un peuple libre de dettes, de la propriété augmentant lentement mais sûrement de valeur, d'un marché suffisant pour absorber le surplus des produits de notre industrie, d'innombrables troupeaux de moutons et de bêtes à cornes couvrant nos milliers de collines et de vallées transformées en gras et verdoyants pâturages, de villages entiers surgissant, pour ainsi dire, comme par enchantement, d'un mouvement plus considérable et s'accroîssant d'importations et d'exportations, d'une augmentation de notre marine tant océanique que côtière, des rivières intérieures sillonnées par une multitude de bateaux à vapeur ; d'une monnaie sûre et abondante, de la dette publique de deux guerres prequ'éteinte, et pour couronnement, d'un trésor débordant et embarrassant le Congrès dans la question de savoir—non pas quels articles il doit imposer—mais lesquels il doit dégrever d'impôts.

S'il fallait choisir une périole de sept années de la plus grande prospérité du peuple depuis l'établissement de la Constitution, ce seraient précisément les sept années qui ont immédiatement suivi l'adoption du tarif de 1824 qu'il faudrait désigner.

Cette transformation du pays est due principalement à la législation du Congrès dirigée dans les intérêts de l'industrie américaine au lieu de se laisser contrôler par la législation et l'industrie étrangères.

En 1824, les ennemis de la protection prédisaient avec assurance : 1o la ruine du revenu public et la nécessité d'un recours à la taxe directe ; 2o la destruction de notre marine ; 3o la désolation des villes commerciales ; 4o l'augmentation du prix des objets de consommation et, 5o le déclin de nos exportations.

Bien loin que le revenu public ait été ruiné, nos adversaires demandent aujourd'hui la réduction des droits parce que ce revenu a trop augmenté. La marine a pris de plus grandes proportions dans toutes ses branches. Quant à la désolation de nos villes, essayons de constater si elle s'est réalisée. Prenons pour exemple la plus commerciale et la plus grande de toutes. Je tiens dans la main l'état annuel de la cotisation de New-York pour la période écoulée de 1817 à 1833. Eh bien ! tandis qu'en 1824, année du tarif, la propriété était évaluée à $52,019,435, elle était évaluée en 1831 à $95,716,485.

Nous pourrions ajouter qu'aujourd'hui la propriété immobilière de New-York est évaluée à plus de six cent millions et demi de dollars et la propriété mobilière à plus de trois cent millions.

Il ne faut pas croire que tout cela s'accomplit sans peine. Au contraire le Sud réclamait sans cesse et à chaque session du Congrès faisait de nouveaux efforts pour obtenir un retour aux anciennes erreurs.

En 1832, le Congrès s'étant encore refusé à sa demande, la guerre civile devint imminente. Pour parer à cette éventualité désastreuse, on adopta un moyen terme connu sous le nom de *acte de compromis*. Tous les droits étaient abaissés à 30 p 100 et devaient diminuer de 1 p. 100 par année jusqu'à ce qu'ils fussent tombés à 20 pour 100.

Les effets de cet acte ne tardèrent pas à se faire sentir au détriment de l'agriculture, de l'industrie et du commerce. Dès 1842 la position était devenue intolérable, et les réclamations se produisirent avec un redoublement d'instance et de vigueur.

Henry Clay dépeignait en ces termes énergiques les effets de la politique de tarif de revenu mise en opération dix ans auparavant :

Quel est notre état actuel ? L'embarras et la détresse sont sans exemple ; aussi intenses qu'universels, affectant tout le monde et n'épargnant personne. La valeur de toutes les propriétés a baissé et baisse encore ; les produits agricoles sont aux prix les plus modiques ; la monnaie, rare et peu sûre, le devient chaque jour davantage à raison de certains moyens que l'on prend pour l'améliorer, toutes les branches d'affaires sont frappées de stagnation et d'inactivité, le change est à un taux exorbitant qui varie sans cesse ; le crédit public et privé est tombé au dernier degré, la confiance est perdue, et il ne reste qu'un sentiment général de découragement et de malaise.

Ces tableaux pris sur le vif, appuyés sur des faits, confirment pleinement tout ce que nous avons dit de l'utilité de l'industrie et de la nécessité de la protection comme condition essentielle de son existence. Nous pourrions nous arrêter là et déclarer notre preuve faite et parfaite.

Nous n'ajouterons qu'une seule observation et c'est la suivante :

Que seraient devenus les Etats-Unis sans industrie durant leur terrible guerre civile des années dernières et à quel degré de ruine ils auraient été réduits par l'absence d'un tarif protecteur ?

Aujourd'hui nous les voyons réduire les taxes tout en payant fidèlement l'intérêt de leur dette et en remboursant le capital au taux de cent millions de dollars par année, tandis que leur prospérit intérieure n'a rien à envier à la nôtre.

CONCLUSION.

La conclusion de tout ce que nous avons dit jusqu'ici se déduit d'elle-même.

Si les principes que nous avons posés sont vrais et si les déductions en sont légitimes, notre devoir à tous est de travailler, dans la mesure de notre influence respective, à la création d'une opinion publique favorable à une législation du genre que nous avons indiqué, et celui de nos représentants aux Conseils de la nation, d'agir énergiquement en faveur de la *Réforme du Tarif*.

FIN.